APONTAMENTOS

© Luiz Alves Júnior, 2015
2ª Edição, Global Editora, São Paulo 2017

Jefferson L. Alves – diretor editorial
Dulce S. Seabra – gerente editorial
Flávio Samuel – gerente de produção
Juliana Campoi – assistente editorial
Jefferson Campos – assistente de produção
Mauricio Negro – capa, ilustrações e projeto gráfico

Obra atualizada conforme o
NOVO ACORDO ORTOGRÁFICO DA LÍNGUA PORTUGUESA

CIP-BRASIL. CATALOGAÇÃO NA PUBLICAÇÃO
SINDICATO NACIONAL DOS EDITORES DE LIVROS, RJ

Q41a

    Queirós, Bartolomeu Campos de
    Apontamentos / Bartolomeu Campos de Queirós. – [2. ed.]. – São Paulo : Global, 2017.
    :il.

    ISBN: 978-85-260-2338-3

    1. Ficção brasileira. I. Título.

17-39805   CDD: 869.3
                                                            CDU: 821.134.3(81)-3

Direitos Reservados

global editora e distribuidora ltda.
Rua Pirapitingui, 111 – Liberdade
CEP 01508-020 - São Paulo - SP
Tel.: (11) 3277-7999 – Fax: (11) 3277-8141
e-mail: global@globaleditora.com.br
www.globaleditora.com.br

Colabore com a produção científica e cultural. Proibida a reprodução total ou parcial desta obra sem a autorização do editor.

Nº de Catálogo: **3936**

BARTOLOMEU CAMPOS DE QUEIRÓS

APONTAMENTOS

ILUSTRADOS POR MAURICIO NEGRO

São Paulo
2017

global
editora

Para a Neuma

Por entre as palavras da lei
o homem escreve sua paz

CONFIDÊNCIAS

Houve o tempo do sonho.
No escuro das noites,
todos sonharam palavras.

Houve o tempo do acordar.
Na luz das manhãs,
todos acordaram palavras.

Depois veio a coragem de presentear.
Em cartas lacradas viajaram secretas palavras.

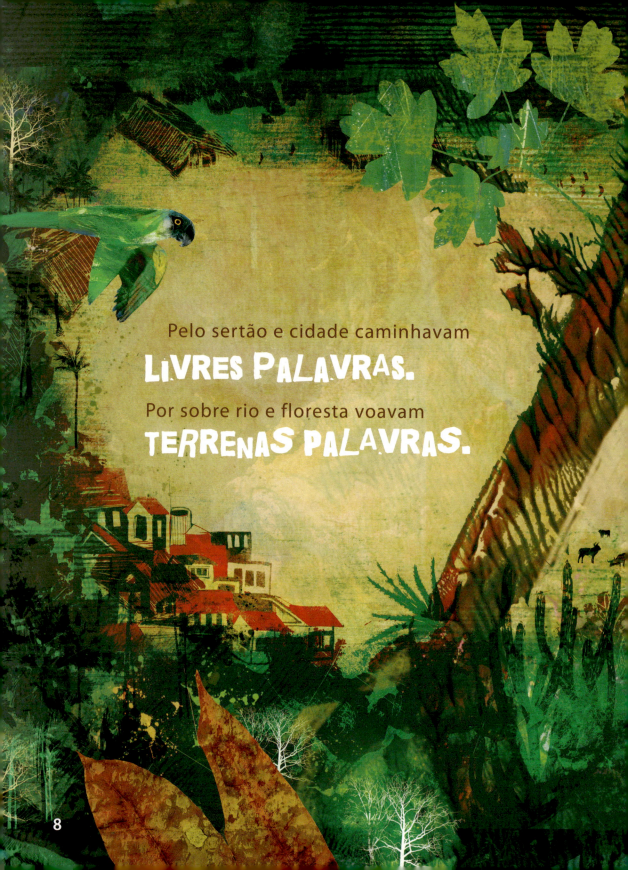

Pelo sertão e cidade caminhavam
Livres Palavras.
Por sobre rio e floresta voavam
Terrenas Palavras.

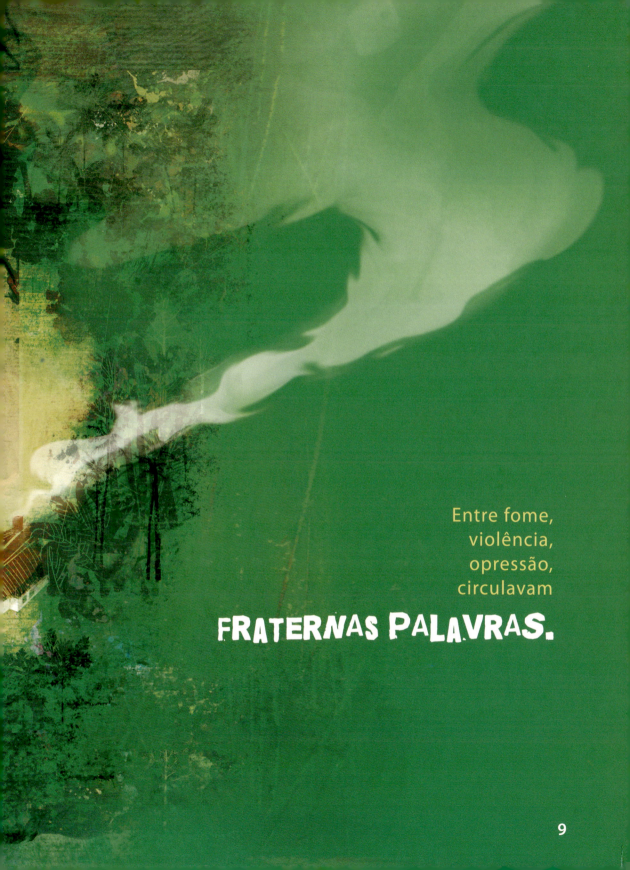

Entre fome, violência, opressão, circulavam

FRATERNAS PALAVRAS.

As palavras buscavam o ouvido do surdo, pousavam nos lábios do mudo e bordavam liberdade no gesto do cego.

O amarelo do ouro,
o verde da mata
e o azul do céu
coloriam os pensamentos.
Então, da garganta nasciam
ARCO-ÍRIS E ALIANÇA.

Foi ainda ofício das palavras tramar JUSTIÇA, TRABALHO E PÁTRIA.

No nascente, ao meio-dia,
na hora de preguiçosas brisas,
insistiam as palavras. E como
tantos eram os seus desejos!

Elas enredavam perdas,
derrotas, muros, lamentavam traições.
Mas eram sinais as palavras:
mudanças, colinas, auroras
prediziam poesia.

Foi entre alvorada e primavera que outubro nos trouxe a CARTA. Ela veio de mão em mão, desdobrada em vento e bandeira. Se todos os rostos cantavam, mais olhos queriam ler.

E têm asas as ideias. Deslocam-se no canto dos pássaros e aninham-se em verdes ramos.
E têm brilho as ideias. Refletem-se em minérios e são estrelas, mesmo em diurnos cristais.

Como arma, partiram em luta as nossas palavras. Agora, tantas vitórias traziam que em um só coração não cabiam. Foi preciso repartir entre jovens, operários e crianças, dividir em fábricas, escolas e campos toda alegria escrita, nas linhas da CARTA MAIOR.

Para aqueles que não tinham leitura de letras – fossem meninos ou adultos – muitos olhos liam alto. Mas, sendo nossas as palavras, todos os ouvidos sabiam e todos acreditavam.

É que na palavra cabe tudo: silêncio, dor e desejo, cabe luta e muito mais.

– Que notícias me traz a CARTA, meu pai?
– Ah! são de todos as conquistas.
– Que notícia me traz a CARTA?
– Conta escolas para todos em vários tempos da vida. Educação é manhã onde acorda a liberdade! Traz livros com muitos saberes, traz grandes cadernos brancos para se gravarem criações.

– Boa-nova, companheiro?
– Sim. Valeu a pena o longo sonhar. Do meu grito por justiça ecoaram várias respostas: tempo justo de trabalho, aposentadoria integral, hora extra e férias remuneradas. Licença-paternidade, autonomia sindical, direito irrestrito de greve. Antigas lutas travadas são agora compensadas por esta LEI MAIOR.

Não ficaram esquecidos campos, florestas, flores e fontes, com seus habitantes e voos. Não há vida sem respeito, como pregava Francisco, nós somos todos irmãos.

O jovem é asa e degrau. Se firme é o seu passo, mais nítido é o seu horizonte. A CARTA concede à juventude o direito de votar para eleger também o presidente, aos 16 anos completos. Ah, CARTA! Seus papéis são novas portas, suas letras, ondas e aragem.

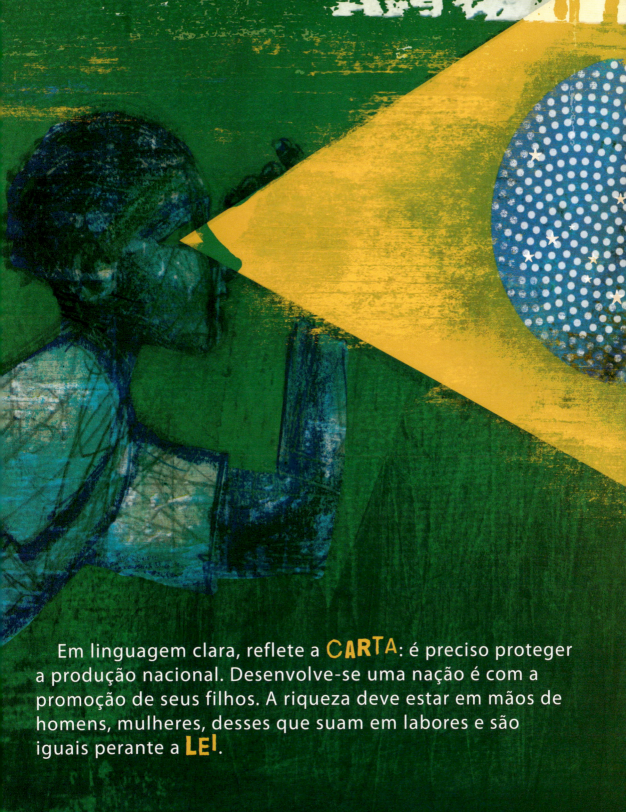

Em linguagem clara, reflete a CARTA: é preciso proteger a produção nacional. Desenvolve-se uma nação é com a promoção de seus filhos. A riqueza deve estar em mãos de homens, mulheres, desses que suam em labores e são iguais perante a LEI.

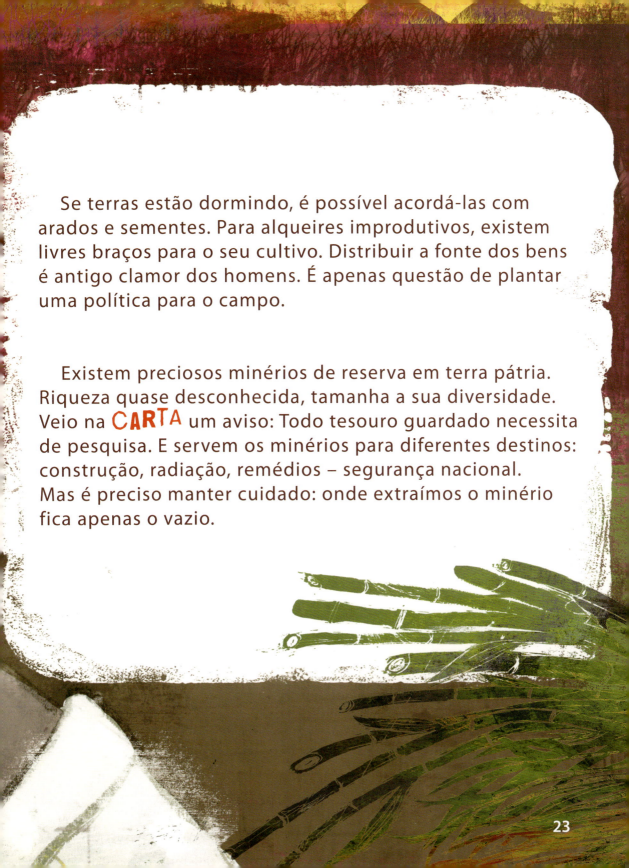

Se terras estão dormindo, é possível acordá-las com arados e sementes. Para alqueires improdutivos, existem livres braços para o seu cultivo. Distribuir a fonte dos bens é antigo clamor dos homens. É apenas questão de plantar uma política para o campo.

Existem preciosos minérios de reserva em terra pátria. Riqueza quase desconhecida, tamanha a sua diversidade. Veio na CARTA um aviso: Todo tesouro guardado necessita de pesquisa. E servem os minérios para diferentes destinos: construção, radiação, remédios – segurança nacional. Mas é preciso manter cuidado: onde extraímos o minério fica apenas o vazio.

– Professora, o que é o mandado de injunção?
– Podem ter ficado na CARTA, menino, direitos ou deveres não muito bem explicados e que necessitam de leis para os complementar. Mas todos que se sentirem de alguma forma prejudicados poderão mover um mandado de injunção: solicitar do Congresso outras explicações, que virão em poucos dias.

— Professor, o que é isso de *habeas data*?
— Menina, é sábio saber perguntar. Não podemos suspeitar segredos nem imprecisos dizeres no silêncio dessas linhas. Não pode ficar obscuro o caminho por onde andaremos agora. *Habeas data* é o direito nosso de conhecer o que os bancos de dados registram sobre a nossa pessoa.

Como falou de trabalho, educação e justiça, a **CARTA** também se ocupou do bem-estar e saúde. E manda outras notícias que não cabem na memória: mandado de prisão, trabalhadoras domésticas, fim da censura, licença--maternidade. Fala de juros, racismo, índios e sua cultura, em reserva de mercado, em papel do professor.
Mas tudo que a **CARTA** diz é em resposta ao nosso desejo de ser em democracia.

A D O S

Í N D I O S

A C E S S O

J U S T I Ç A

S A Ú D E

E D U C A Ç Ã O

C U L T U R A

D I R E I T O

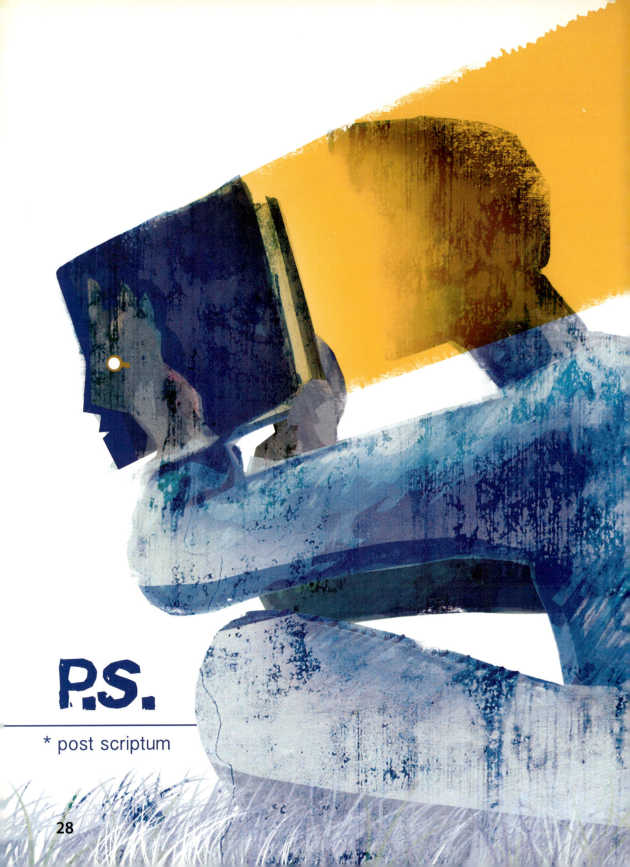

P.S.
* post scriptum

Eles tentaram ordenar nossas palavras
em perfeitas orações. Se ficou desejo oculto
ou sonho suspenso, ainda podemos dizer.
   Se houve o tempo do sono seguido do acordar,
veio também o tempo para bem presentear.
Mas hoje é outro tempo: de VIVER AS PALAVRAS,
uma-por-uma, e praticá-las, dia-por-dia.

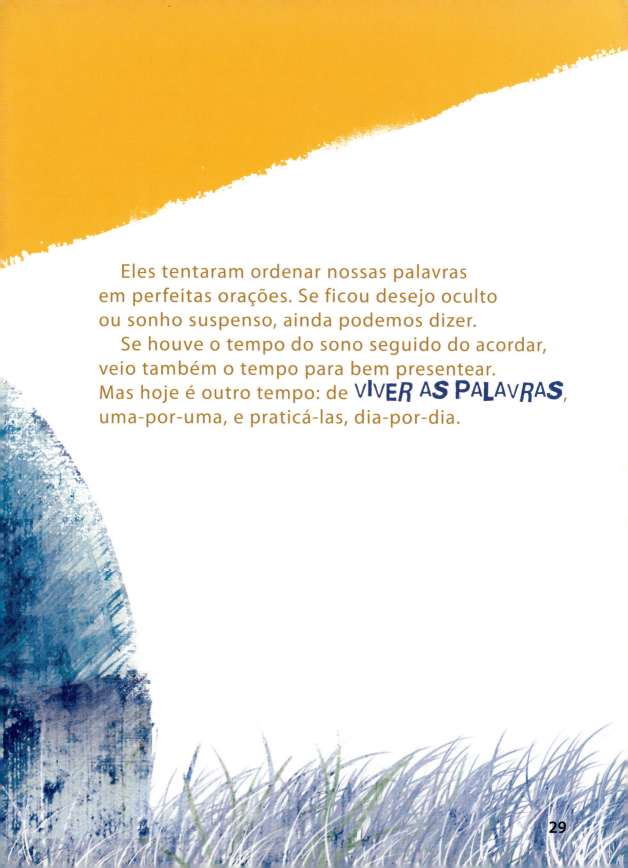

Mauricio Negro é paulistano, criado nos arredores de Cotia. E por vezes também no litoral. Sob o sol, garoa ou chuva forte percorreu muita trilha nas bibliotecas verdes da mata atlântica. Leitor desde cedo, projetou-se como ilustrador, escritor e designer gráfico. Há anos colabora com projetos relacionados à natureza e às matrizes culturais profundas brasileiras. Autor de vários livros ilustrados, consultor editorial de Literatura Indígena, membro do conselho diretor da Sociedade dos Ilustradores do Brasil, recebeu diversos prêmios e menções, e tem participado de exposições, catálogos e eventos no Brasil e no exterior. De Bartolomeu Campos de Queirós, assina a capa de *Ler, escrever e fazer conta de cabeça*, publicado pela Global Editora.

Bartolomeu Campos de Queirós nasceu em 1944 no centro-oeste mineiro, passou sua infância em Papagaio, cidade com gosto de "laranja-serra-d'água", antes de se instalar em Belo Horizonte, onde dedicou seu tempo a ler e escrever prosa, poesia e ensaios sobre literatura, educação e filosofia. Considerava-se um andarilho, conhecendo e apreciando as cores, cheiros, sabores e sentidos por onde passava. Bartolomeu só fazia o que gostava, não cumpria compromissos sociais nem tarefas que não lhe pareciam substanciais. "Um dia faço-me cigano, no outro voo com os pássaros, no terceiro sou cavaleiro das sete luas para num quarto desejar-me marinheiro." Traduzido em diversas línguas, Bartolomeu recebeu significativos prêmios, nacionais e internacionais, tendo feito parte do Movimento por um Brasil Literário. Em *Apontamentos*, o autor anuncia a Carta Maior (Constituição de 1988), incitando o leitor a conhecê-la e a garantir sua permanência. Bartolomeu faleceu em 2012, deixando sua obra com mais de 60 títulos publicados como maior legado.

Outras obras do autor publicadas pela Global Editora

Para iniciantes de leitura
As patas da vaca
História em 3 atos
O ovo e o anjo
Somos todos igualzinhos

Para crianças e jovens
Cavaleiros das sete luas
Ciganos
De bichos e não só
De não em não
Flora
Indez
Ler, escrever e fazer conta de cabeça
Mário
Menino inteiro
O livro de Ana
Os cinco sentidos
Para criar passarinho
Pedro
Rosa dos ventos
Vermelho amargo
Elefante *(prelo)*